KB126076

소리없는 사랑을 듣는다

책과나무

머리말

너만 생각하면
숨이 턱턱 막혀

아름다운
네 모습에 말이지

살며 사랑하며 나누는 사소한 한마디
익숙한 우리들의 이야기로 다가갔습니다.
쉽지만 가볍지 않고, 짧지만 아쉽지 않은
감성으로 공감하려 합니다.

숨이 멎는 찰나의 무호흡 속에
소리 없는 사랑의 긴 여운으로 남아
그대 가슴속에 오래도록 간직될 수 있는
한 권의 시집이 되기를 소망합니다.

목차

2부 '네가'라는 말

3부 사랑이라는 강에 사는 은어

4부 지킬 수 없는 약속

5부 못 읽는 편지

1부

봄, 그대

우산

-

너는 비를
막아 주는 게
아니라
내게 비를
들려주는 거
였구나

토도독 토도독

손님

-

빈손으로
오기 뭐해서요

뭐 이런 걸 다

나는 오늘
봄을 받았다

꽃샘추위

-

눈치 없이
봄이 올 자리에
눌러앉는다고
핀잔 준 것이
못내 안쓰럽네요

계절마저도
헤어짐을 아쉬워하고
잡은 손 쉬이 놓지 못함을
알아주지 못한 게
못내 미안하네요

그때 그 모습
나를 보는 듯하네요

내기

-

봄이
먼저 올까요?

당신이
먼저 올까요?

당신이
먼저 와요
그러면
커피 살게요

봄에게
커피 살 수는
없으니까요

시작

-

스치던 사람이
마주치고 싶은
사람이 되었고

보던 그 사람이
보고 싶은
사람이 되었고

알던 그 사람이
알고 싶은
사람이 되었다

비가 오는 날은

-

비가 오는 날은
나를 생각해 줘요

햇살 고운 눈부신 날엔
나보다 더 해맑은 사람을 생각하고

구름 머금은 포근한 날엔
나보다 더 편안한 사람을 생각하고

눈꽃 하얗게 내리는 날엔
나보다 더 따뜻한 사람을 생각해요

그렇지만 비가 오는 날은
오직 나만을 생각해 줘요

우리 만났었던
비가 오는 날은요.

장미와 당신

-

장미는 때가 되어 피지만
당신은
늘 피어 있습니다

장미는
피어나야 향기지만
당신은
언제나 향기입니다

장미는 지고 나면
땅 위에 떨궈진 꽃잎이지만
당신은 떠나가도
내 가슴속 새겨진 사랑입니다

세상에서 가장 아름다운 건
한 계절 장미보다
온 시절 나의 당신입니다

비 이야기

–

설렘으로 내린 비
꽃을 보고 간 비

사랑으로 내린 비
숲을 지나가는 비

그리움으로 내린 비
잎에 머물다 간 비

기다림으로 내린 비
가지를 적시며 떠나간 비

그렇게 오고
그렇게 간
그대

왜 왔니?

–

내 마음에
왜 왔니,
왜 왔니,
왜 왔니?

꽃 찾으러
왔단다,
왔단다,
왔단다.

무슨 꽃을
찾으러
왔느냐,
왔느냐?

오늘도
그대는
내 마음속
사랑꽃 한 송이
남몰래 꺾어 갔다.

詩든 꽃

–

꽃이 詩든다.
물 주는 걸 잊고
예쁘다 예쁘다 했더니
곱게 詩든다

사랑이여
네가 떠난 후
내 마음도
곱게 詩든다

봄, 그대

–

봄은
산이며 들이며
곳곳을
찾아다니지만

오히려
그대 생각은
내 안만
구석구석
찾아다닙니다

봄도 그렇고
나도 그렇고
이게 모두 사랑인가 봅니다.

여우비

-

이를테면
햇살같이 웃다가
불현듯
빗방울 같은 그리움이
가슴에
후두두둑
떨어지는 것

햇살에 젖고
빗방울에 빛나는
어느 오후
그대가 몹시도
그립다

아카시아 잎

–

사랑한다
안 한다
사랑한다
안 한다

마지막 잎이
사랑한다면
행운이고
안 한대도
행복입니다

아카시아 잎을 따며
그대를 기다리는
행복입니다

인연

–

세상에 떨어지는
빗방울 중에

한 꽃잎을 적시는
빗방울

그게 당신이고
그게 나예요

들꽃

-

꽃샘추위
잠시 머문 뒤

봄이란 녀석
서둘러 달려오다
돌부리에 걸려
넘어지더니

당신과 딱
눈 마주치고
이내 부끄러운 듯
도망칩니다

봄날에

-

살랑살랑
바람이 부니
사랑사랑
귓가에 속삭이고

두둥실
구름이 흐르니
두근실
그대 생각에 설레고

봄날이 그대인지요
그대가 봄날인지요

들다

-

너와 함께한 서랍 속
한 뭉치 엽서 같은 나날들
그 애틋한 눈 맞춤에
정들다

너를 생각하며
똑똑 떼어 내던 꽃잎들
그 장밋빛 설렘에
물들다

정들어 하루라도
보지 않을 수 없고
물들어 온통 너의 향기로 스밀 때

너는 나에게
나는 너에게
오직 하나뿐인 사랑으로
길들다

그러하니까

-

너도 나도
봄이 좋다
봄은
만인의 계절이니까

나만 나만
그대가 좋다
그대는
나만의 봄이니까

4월

-

시간 있으세요?
저와 커피 한 잔
하실래요?

아뇨
시간 없는데요

그러자
봄은 나에게
4월의 나날을
건네주었다

4월의 커피향이
참 좋다

봄비

-

세상의
예쁜 색깔은
모두 모였어요

이제
비가 왔으니
진정 봄이에요

세상의
봄이란 봄은
다 모았어요

이제
그대가 왔으니
진정 내 앞에
꽃이 펴요

아지랑이

-

저만치 펼쳐진
풍경을 보며
아른거리기에
아지랑이네

저만치 멀어져 가는
그대 뒷모습이
아른거리기에
눈을 감으니

그 아지랑이
흘러내리네

2부

'네가'라는 말

꽃샘비

–

꽃비 흩날리니
시샘이라도 하듯
비가 내려요

꽃비가 향기를 품으면
비는 그리움을 품고

꽃비가 머리에 내리면
비는 가슴에 내리고

꽃잎이 쌓이면
비는 은근슬쩍 적셔요

꽃잎,
비의 시샘에
못 이기는 척 비에 잠겨요

그대

-

내일은
내일의 태양이
뜬다죠

내게는
내일의 태양이
뜨지 않아요

지지 않는
태양 하나가
떠 있을 뿐

밸런타인데이

–

초콜릿 한 개
예쁘게 포장해서
그대에게 주려 하니

어쩌죠?
녹아 버렸어요
내 가슴속
너무 오래 두었는지

내 안에

-

들녘이 말하길
내 안에 너 있다

하늘이 말하길
내 안에 너 있다

두 손이 말하길
내 안에 너 있다

너는
꽃이고
별이고
선물이다

욕심

–

나는
욕심이 많아요

이 세상 전부를
갖고 싶거든요

바로
당신

손

-

당신의 마음은
손에 담겨 있나 봐요
이리도 따스한 걸 보니

나의 마음 또한
그 손에 담기려나 봐요
당신 손에 빼앗길까 봐
이리도 꼭 쥐고 있는 걸 보니

그냥

-

그대를

사랑하는

가장

이유다운

이유

초대

-

초대를 받고
마중도 받았는데
배웅을 안 해 주네요

그대로
그대 마음에
머물고 마네요

문득

-

어?
눈 온다!

그러네

피이

네가 왔는데
뭘 더 바라니?

그렇군요

-

사랑을 하면
서로가 닮는대요

당신은
꽃과 사랑에
빠졌군요

지금 나는
꽃을 질투하고 있군요

이유

-

산이
거기에 있어
오르듯

그대가
거기에 있어
사랑해요

다시는
내려올 수 없는

겨울

-

왜 이렇게 춥죠?
겨울이니까 춥죠

왜 이렇게 떨리죠?
추우니까 떨리죠

아니죠
당신 때문이죠

당신의 눈짓 하나에도
당신의 한마디에도
이렇듯 가슴 벅차게
떨려 오는데

하늘 이야기

-

가을이 가네요
나를 봐 주세요

봄엔
꽃이 되었고
여름엔
바다가 되었던

가을이 다 가기 전에
나를 봐 주세요

당신이 볼 수 있게
그대 가슴에
들꽃으로 핀 나를

첫눈으로 내릴 수 있게
나를 보고
미소 지어 주세요

칭찬

-

꽃도 예쁘네
건성건성 보였나?
꽃이 삐친다

별도 예쁘네
대충대충 보였나?
별이 삐친다

오직
그대만 예쁘네
그대가 웃는다

꽃보다
별보다
예쁘게 웃는다

사랑병

-

병에 담기다
그대만이 열 수 있는
뚜껑으로 닫힌 채

병에 걸리다
그대만이 고칠 수 있는
깊은 병에 빠진 채

만유인력의 법칙

-

사과,

잎,

비.

그리고,

너에게로,

가는,

마음.

‘네가’라는 말

-

예쁘다는 말
참 예쁘다

아름답다는 말
참 아름답다

사랑스럽다는 말
참 사랑스럽다

앞에
‘네가’라는 말
생각만으로도 행복하다
참 행복하다

보아요

-

올려다보아요
별이 있죠?

건너다보아요
산이 있죠?

펼치어 보아요
바다가 있죠?

들여다보아요
무언가 있죠?

그대 사랑하는 마음 하나
있죠?

똑똑한 바보

-

아무것도 몰라서
바보래요
그대밖에는

하나만 알아서
바보래요
그대만 아는

그래도
똑똑한 바보래요
사랑 주는 법을 아는

세상

-

당신을

하늘만큼

땅만큼

사랑한다고 했는데

생각해 보니

세상

참

좁군요

밭

–

땅은 꽃이 피어
꽃밭이고
하늘은 별이 총총하여
별밭이고

내 가슴은
한 생각에 가득한
그대밭이다

7일의 사랑

-

달빛처럼 은은히
불꽃처럼 타오르게
물속처럼 깊게
나무처럼 한 자리에서
쇠처럼 굳건히
흙처럼 받쳐 주며
햇살처럼 따스하게

매일 언제나 그렇게
당신을 사랑합니다

거울아

-

거울아, 거울아
이 세상에서
가장 예쁜 게 뭐니?

꽃이요.

그래서 나는
꽃을 꺾습니다

거울아, 거울아
이 세상에서
가장 아름다운 게 뭐니?

별이요.

그래서 나는
별을 땁니다

거울아, 거울아
이 세상에서
가장 소중한 게 뭐니?

사랑이요.

그래서 나는
꽃과 별과 사랑을
당신에게 드립니다

그 사람

–

저기요.

수줍은 얼굴로
그 사람을 불렀는데
꽃들도 나무도 돌아보며
내게 미소 지었다

여기요.

떨리는 목소리로
그 사람을 오라 했는데
바람이 햇살까지 데리고
내게로 왔다

그 사람은
그렇게 혼자 오지 않았다

혼자 와도 되는데

사랑비

-

비는
똑똑 노크라도
하고 내리지만

사랑비는
벌컥 문을 열고
내린다

내 허락도 없이
들어온다

소리 없는
사랑을 듣는다

별로

–

당신 눈빛도

별로.

당신 미소도

별로.

당신 마음도

별로.

당신의 모든 것이

별로.

별로 보여요.

가장 빛나는

별로.

선물

-

꽃이 예뻐서
당신에게
선물하려는데

꽃은
당신이 예뻐서
선물 받으려 하네요

꽃에게
당신을
선물해도 될까요?

3부

사랑이라는 강에 사는 은어

다툼 1

–

너답지 않게 왜 그래?

나다운 게 뭔데?

꽃

오늘은 너답지 않게

더 예쁘잖아!

다툼 2

-

이제부터
너는 너고!
나는 나야!

내가 사랑하는 너
너를 사랑하는 나

다툼 3

-

너는 왜 그렇게
이기적이야?
네 사랑만 생각하고

그런 네가 고마워

다툼 4

-

네가 나한테 해 준 게 뭔데?

첫째도 사랑

둘째도 사랑

셋째도 사랑

그래서

행복해

다툼 5

–

우리 갈라서자,
갈라서!

나는 바다로
너는 하늘로

수평선으로 맞닿게

다툼 6

-

보자보자 하니
너무한 것 아냐?
참는 것도 한계가 있지

그래서
너를 향한
사랑의 한계가 없어

다툼 7

–

네가 끔찍해!

너를 끔찍이도
사랑해

다툼 8

-

선택해
나야,
일이야?

일이야
너를
사랑하는
일

다툼 9

-

한눈팔지 말랬지?

두 눈 다 팔아야지
내게

네 마음 통째로 가져가게

다툼 10

-

너만 생각하면
숨이 턱턱 막혀

네 아름다운
모습에 말이지

묻다

-

내 얼굴에
뭐 묻었어?
왜 그렇게 봐?

사랑이
묻었잖아
닦이지도 않게

선물

-

당신에게
선물을 준비했는데
포장을 못했어요

아니, 안 했어요
사랑한다는 말은
포장하는 게
아니잖아요

동문서답

-

창밖 풍경이 참 아름답지?
너의 눈빛이 저녁 강물처럼 은은해

지저귀는 새들의 노랫소리 참 좋지?
귀 너머로 하늘거리는 너의 머릿결이 고와

향긋한 꽃차 맛이 참 깊지?
너의 입술에 꽃물이 들고 있어

내 이야기 듣고 있는 거야?
응, 너를 사랑하고 있는 거야

통화 중

-

그대에게로 난
작은 오솔길을 걸어요
뚜뚜뚜뚜

지금 그대도 내게로
걸어오고 있나요?

거기 멈추고
내가 가겠노라 말해요
뚜뚜뚜뚜 뚜뚜뚜뚜

우리 또 서로에게
걸어가고 있군요

그대와 나
지금 사랑 중

사랑이라는 강에 사는 은어

-

ㄲ은 있는데
ㄴㄴ은 왜 없을까?

너와 나
그게 바로
ㄴㄴ이지

ㄸ은 있는데
ㄹㄹ은 어디 있을까?

너랑 나랑
거기에 바로
ㄹㄹ 있지

ㅃ은 뽀드득 소리
ㅁㅁ은 무슨 소리일까?

내 마음과 네 마음이
만나는 소리
ㅁㅁ 이지

오늘도 자판에 없는
글자를 두드려
너에게 편지를 써

ㄴㄴ 사랑해
ㄹㄹ 함께해
ㅁㅁ 영원히

가위 바위 보

-

네가 가위를 내면
나는 바위를

네가 바위를 내면
나는 보를

네가 보를 내면
나는 가위를

한 번쯤 져 주고 싶은데
늘 이기기만 한다
누가 더 사랑하는지에

도대체

-

넌
도대체
어디가 예쁜 거니?

눈도
코도
입도
마음까지도 말이지

예쁜 구석이라곤
한 군데도 없어

온통
아름답기만 하잖아

도대체!

평행선

-

우리 서로 사랑하기요
평행선이 되어
서로 마주 보며
한세월을 밟아 가기요

우리 서로 더 가까이 보고 싶어
1도라도 기울어지면
언젠가는 만나지겠지만
만나는 순간 서로 엇갈려 갈 뿐

우리 서로 평행선이 되어
바라보며 눈 맞출 수 있는 간격으로
좋은 세월을 동행하기요

우리 서로 소홀함에
1도라도 기울어지면
점점 벌어져 영원히 바라볼 수 없는
외로운 두 직선이 되고 말지요

우리 서로 두 팔 벌려
안아 줄 수 있는 간격으로
평행선으로
오래오래 함께 가기요

우리 서로 사랑하기요
서로 잊지 말기요

입김

-

네 손이 시릴 땐

호~

네 마음이 아플 땐

후~

너에게

사랑한다고

쓰고 싶을 땐

유리창에

하~

사랑해

–

별과 달이
해를 부러워한다

늘
'사랑해'라고 불린다고

그래도
할 수 없다

사랑하고 있으니
'사랑해'라고 할 수밖에

고백

–

말하지 않아도
알아요

말하지 않아도
알았던 그 정이
사랑이 되면

말해야 압니다

금 긋기

-

늘 그대 쪽은
좁고
내 쪽은
넓어요

그대 마음은
좀 좁아도 되고
내 마음은
더 넓어야 하니까요

누가 더 사랑하는지
그 마음이 말이에요

금 넘어오지 마요

만우절 1

-

마음껏
고백하고
괜히 했다 싶어도
어색하지 않은 날

만우절 2

-

안 믿겠지?
장난삼아 고백했는데
믿어 버리는 그 사람

나도 내 말을
그대로
믿고 말았다

짝사랑

–

감는다고
안 보이는 게 아냐
너의 눈빛

다문다고
안 들리는 게 아냐
너의 말

사랑 담긴 눈빛
좋아한다는 말

애써 삼키지 말고
고백해 어서

내가 먼저 하기 전에

접촉 사고

-

사고다
꽃잎이 흩날린다

눈빛과 눈빛의
접촉 사고는
어쩌죠?
보험도 안 들었는데

4부

지킬 수 없는 약속

신호등

-

코끝이
찡해지는 건
눈물이 날 거라는
신호입니다

가슴이
먹먹해지는 건
그리움에 젖을 거라는
신호입니다

신호등에 불이 켜지면
멈춰야 하는데
늘 어기고 맙니다

그 신호가

그대가 올 거라는

불빛으로

내 가슴에 켜졌으면

좋겠습니다

판도라의 상자

–

그래도

'희망'은 남았듯이

그러나

'그리움'은 남았다

열면

사라질까 봐

오늘도

가슴에 그 상자,

안고 산다

2월의 눈

-

첫눈에

반했다면서

어느새

마지막 눈에게는

이별을 고하네요

건망증

-

아차!

냉장고를 열었더니
거기에

옷장을 열었더니
그곳에

신발장을 열었더니
그 안에

곳곳에
나도 모르게
넣어 두었던
그대 생각

2월

-

2월이
짧은 이유는
봄에게 어서 오라는,
겨울이 보내는
배려가 아닐까

2월이
짧은 이유는
그대에게 어서 오라는,
나의 그리움이 보내는
손짓이 아닐까

짧은 2월이 갔을 때
봄은 겨울의 배려에
늦지 않게 올 것이고
그대는 그리움의 손짓에
잊지 않고 올 것임을

핑계

-

추울 텐데
얇게 입었으면 어쩌지?

추위를 핑계로
오늘도 그대 모습
떠올리고 있네요

추울 텐데
따뜻하게 입고 다녀요

추위를 핑계로
오늘도 그대에게
안부 한마디 건네고 싶어요

내일은 날씨가 풀린다는데
무엇으로 그대 모습 떠올릴까요?
어떤 안부를 건넬까요?

그러고 보니

이것도 핑계네요

지금도 그대 생각하고 있는

눈 내린 아침

-

당신 생각에
하얗게
밤을 지새웠는데

하늘도 나를 따라
하얗게
지새웠나 봅니다

일기예보

-

내일은 오늘보다
더 추울 거래요

목도리와 장갑을
챙겨야겠어요

내일은 그대가
오늘보다 더
보고 싶을 거래요

날씨가 추워지면
챙길 것이 있는데

그리움이 깊어지면
무엇을 챙겨야 할지요

옹달샘

–

세수하러 왔다가
물만 먹고 갔다죠

물 마시러 왔다가
마음만 담그고 가지요

비친 그대 생각에
젖기만 하지요

멀다

-

난
그대에게
눈이
멀었는데

그대는
내게
오는 길이
멀었던가
봅니다

도둑

-

내 마음
훔치더니

내 눈물
훔치게 한

흐린 하늘

-

내릴 듯 말 듯
그렁그렁
눈물 담고 있다

올 듯 말 듯
그리운 당신

내 가슴엔
그 눈물
이미 쏟아져
내렸건만

겨울비

-

봄에도 비
여름에도 비
가을에도 비
겨울에도 비

겨울만큼은
눈에게
양보해라 했다

그래도
눈 모르게
한쪽에서
추적추적 내린다.

겨울에도
당신이 여전히
그리운 걸 아는지

불면증

-

이리 뒤척
저리 뒤척
커피 때문인가
잠이 안 온다

이리 뒹굴
저리 뒹굴
낮잠 때문인가
밤이 하얗다

커피도
낮잠도
자기 탓이 아니란다

맞다
그대 생각 때문이다

그리움 1

-

어제의 그리움은
보고 싶다
한마디로
참아 내라 하고

오늘의 그리움은
너무나 보고 싶다
두 마디로
이겨 내라 하고

내일의 그리움은
너무나 죽도록 보고 싶다
세 마디로
살아 내라 하네

먼 훗날의 그리움은

보고 싶다 아니해도

산처럼 바다처럼

살았노라 하네

어느 날 문득

-

가만있어 보자
어디서 본 것 같기도 하고
생각이 날 듯 말 듯
아!
겨울이군요

온통 그대 생각이었던
어느 늦가을에

낙엽

-

아침에
밖을 보니
밤새워
다시 쓰고
다시 쓰다
꼬깃꼬깃
버려진 편지들이
가득하네요

언제

-

보고 싶은 마음은

언제부터 그리움이 되는 걸까

후두둑 빗소리에일까

문득 창에 그려진 한 조각 하늘로일까

좋아하는 마음은

언제부터 사랑이 되는 걸까

보고 싶은 마음이

그리움이 되면

그때

사랑일 거야

꿈 이야기

-

그대 꿈을 꾸었네요
그제도
어제도

이젠
꾸지 않을 거예요

오늘은
이자 톡톡히 쳐서
갚으러 갈 거니까요

기다려요
그대 꿈속에서
만날 테니까요

가을 하늘

-

바다인 줄 알고
손을 담갔더니
온몸이 젖어요
마음이 젖어요
그리움이었는지

바다인 줄 알고
편지 한 통
유리병에 넣어
띄웠더니
흘러가요
바람결이
그대에게 가고 있는지

한 뼘

-

나는
내 한 뼘만큼만
당신을
잊을 테니

당신은
당신의 한 뼘만큼만
내 생각을
해 주세요

그래도
나보다는 짧은
당신의
한 뼘만큼만

이별

–

저기 멀리 저 별이 있다
여기 내게 이별이 있다

저 별은 멀어도 보이건만
이별은 가까이 다가와도
보이지 않았다

저기 저 별이 하늘에서 빛난다
여기 이별이 내게로 떨어진다

저기 저 별이 하늘에서 비를 짓는다
여기 이별이 내 가슴에서 눈물짓는다

지킬 수 없는 약속

-

약속해요.

오늘만 그대를

생각할게요

맹세해요

내일이 오면

그대를 잊을게요

어제도, 오늘도, 내일도

오늘만 그대를

그리워할게요

소식

\-

바람이 다가와
내게 묻습니다

좋은 소식부터
들을래요?
나쁜 소식부터
들을래요?

망설임 없이
좋은 소식부터
듣겠다고 했더니

그 사람
잘 지낸다고 합니다

나쁜 소식 차례가 되니
그 사람
나를 잊었다고 합니다

나쁜 소식부터
들을 걸 그랬습니다

그 사람
나를 잊었어도
잘 지내고 있다면
그걸로 행복입니다

거지

-

먹어도 먹어도
배고프면
배 속이 이상한 거지?

보아도 보아도
그리우면
가슴속이 이상한 거지?

보고파 보고파
네 그리움 고픈 나는
어떤 거지?

눈 오는 날

-

비는
소리 내어 흘리는
눈물

눈은
숨죽여 떨구는
눈물

비 오던 날
그대에게 흘려보낸
그리움

눈 오는 날
내 가슴에
하얗게 쌓인다

그리움 2

-

해가 길어졌다
달은 짧아지지
않았는데

이별이 시작되었다
사랑은 끝나지
않았는데

그리움이 길어졌다
내 슬픔은
짧아지지 않았는데

한 사람

-

눈이 사람이 되면
눈사람이죠

바람이 사람이 되면
한 사람이네요
비가 사람이 되어도
한 사람이네요

바람처럼
스쳐갔다가
비처럼
그리움으로 내리는

한 사람

당신을

-

꽃이 없으면
무엇에 빗댈까요

별이 없으면
어찌 노래할까요

비가 없으면
어떻게 추억할까요

있어 주기에
행복한 건 당신뿐이
아니라는 걸.

좀 맞자

-

좀 맞자
봄 햇살이 내리면
볼이 발개지도록

좀 맞자
꽃잎이 흩날리면
향기에 흠뻑 젖도록

좀 맞자
옛 추억이 쏟아지면
가슴이 가득하도록

좀 맞자
그리움에 사무치면
너의 등짝이 아프도록

5부

못 읽는 편지

벙어리장갑

–

제일 작다고
따돌리나 봐요
넷은 함께 있는데
나만 혼자예요

엄지야,
네가 있기에
사랑하는 사람
손잡을 수 있단다
꼬옥 하고 말이야

모래시계

-

온통
그대에게
쏟아 주었는데

다시
되돌려 주네요

나 또한
사랑한다는
답장으로

눈길

-

얼어붙은 눈길을 지나
그대에게로 건너가면

나에게로 건너오는
그대의 따스한 눈길

흰 눈길은
땅에 있지만

사랑의 눈길은
우리 가슴에 있네

오늘도 활활 타오르는
그대와 나의 붉은 눈길

첫눈

-

내 가슴에
내리더니
사르르 녹아요

내 가슴에
담긴
그대 생각이
너무 따스한가 봐요

따라오지 마

-

그대 떠올리고 있는데
햇살이 쏟아진다

그대 추억하고 있는데
비가 온다

그대 생각하고 있는데
첫눈이 내린다

따라오지 말라는데
자꾸 따라온다

징검다리

-

하나씩 딛어야 해요
그대에게 가는 길

그렇지 않으면
허우적대다
빠지고 말아요
헤어나올 수 없는
그대에게

그래도 성큼성큼
두 개씩, 세 개씩
뛰어가고 있어요
빠져도 행복하니까

붙박이별

–

우리
서로의 별이
되기로 해요

당신은
나의 별로
나는
당신의 별로

멀리 있어
아름다운 것이
별이듯이
그 자리에 있어
푸르른 것이
별이듯이

멀리 있어
그리워할 수 있는
그 자리에 있어
바라볼 수 있는

우리
그런 별이 되어요

장롱

-

자,
들어 올릴 테니
꺼내

하나, 둘, 셋!

꺼냈니?

내 마음

낙석 주의

-

어느 날 문득
호젓한 나의 길에
덩그러니 세워진 표지판 하나
'낙석 주의!'

한적한 그 길로
그대가 걸어올 때마다
쿵, 하고 떨어지는 바윗돌

떨어진 자리마다
장미향처럼 흩날려 퍼지는
사랑의 향기

그대가 내게 오는 길에
표지판 하나 새로 생기니
언제고 떨어져도
두렵지 않은 낙화 주의!

당연하죠

-

날씨가 쌀쌀해졌어요
당연하죠
가을이 깊어 가는데

가을이 깊어 가네요
당연하죠
계절은 흐르는데

계절이 흘러가네요
당연하죠
멈출 수 없는 건
그대에게 가는
마음뿐이 아닌데

피사의 사탑

-

너에게

기우는

불가사의한

행복

붕어

-

나는

매일

당신에게

첫눈에
반해요

행복

-

꽃
나무
하늘을
쓰니
종이 위의 글

꽃
나무
하늘을
그대 생각으로
쓰니
한 폭의 시

시 속에서
너를 만나는 중

커피

–

커피 잔에
하늘이 있다

구름과
별이 있는

커피 잔에
하늘이 있다

그대 생각이
별이 되어 반짝이는

커피 잔을 내려놓고
하늘을 보았다
별이 있다

그대 생각은 별
하늘에도 있고
커피 잔에도 있는

단풍

-

꽃보다
잎!
물드는
이 순간만큼은

네가 그립다
내 앞에서
얼굴 가득 수줍음 담던

짝사랑

–

늘
그대 생각
의자에 앉혀 놓고
나 혼자 타고 있는
시소

삼각관계

-

동그라미는
네모를 사랑해서
창문에 비치는 해가 되었네

네모는
세모를 사랑해서
산을 보고 있는 창문이 되었네

세모는
동그라미를 사랑해서
해가 뜨는 산이 되었네

해처럼 비춰 주고
창문처럼 바라보고
산처럼 지켜 주고

내가 그러네
내 사랑이 그러네

의자

–

먼저 와
앉아 있을게요
따뜻해지면 오세요

눈이 와서
앉으면 어쩌지
바람이 와서
앉아 있으면 어떡하지

다시 식을까 봐
걱정이 되지만
그대 올 때까지
기다릴게요

그대만 온다면
그대만 올 수 있다면
추워도 견딜 각오로
기다리고 있어요
식기 전에 오세요

자국

-

밤에 쓴 편지는
아침이 되면
꼬깃꼬깃
버려도

남은 종이 위에
꼬옥꼬옥
배겨난 자국은
버리지 못하네요

별

–

별을
따려다
아차!
별은 따는 것이 아니지

두고 온 별이
생각 속에서 빛난다

수평선

-

하늘과 바다가 사랑에 빠졌다
서로 맞닿아 떨어질 줄 모르는 깊은 사랑에

바다가 하늘에게 구름을 덮어 주면
하늘은 바람을 어루만져 물결이 일며

서로는 매일을 그렇게
불타는 해덩이로 마음을 전하고

저무는 하루를 이렇게
은은한 은빛으로 그리워한다

푸름과 푸름이 사랑을 한다.
하늘의 사랑이 더 깊은 듯
바다의 사랑이 더 넓은 듯

못 읽는 편지

-

한 글자 한 글자
새기며 읽습니다
아까워서 채 첫 줄을
읽지도 못합니다

오늘 이 편지
다 읽을 수나 있을까요?

가슴에 대었다가
눈에 대었다가
가슴에 대었다가
눈에 대었다가

오늘 이 편지
답장이나 쓸 수 있을까요?

바람

–

어느 좋은 날

행복해 달라는
바람을

따스한
바람에 실어

그대에게
보냅니다

노을

-

하늘도
누군가와
이별할 땐
눈시울을 붉힙니다

카라멜 마끼아또

-

모락모락
종알거리며 보채네요
어서 두 손으로 안아 달라고

몽글몽글
소곤거리며 눈짓하네요
어여 입 맞춰 달라고

따스한 거품 입술에 닿자
달콤달콤
재잘거리네요

힘든 하루
고생했다고
기운 내라고
미소 지으라고

시계

-

나도 모르게

너만

보게 돼

그 사람만 오면

너를

그만 보게 돼

소리없는 사랑을 듣는다

초판 1쇄 인쇄일 2016년 05월 16일
초판 1쇄 발행일 2016년 05월 27일

지은이 이수진
펴낸이 양옥매
디자인 송다희

펴낸곳 도서출판 책과나무 **출판등록** 제2012-000376
주소 서울특별시 마포구 방울내로 79 이노빌딩 3층
대표전화 02.372.1537 **팩스** 02.372.1538
이메일 booknamu2007@naver.com **홈페이지** www.booknamu.com

ISBN 979-11-5776-194-4 (03800)

*이 책의 국립중앙도서관 출판시도서목록은 서지정보유통지원시스템 홈페이지(http://seoji.nl.go.kr)와 국가자료공동목록시스템(http://www.nl.go.kr/kolisnet)에서 이용하실 수 있습니다.
(CIP제어번호 : CIP2016012247)